Os Invisíveis

Uma vida para compreender

H.T.Writer

Direitos autorais

Título Original: Os Invisíveis ®

Obra literária registrada, edição original

Edição do Autor

Cássio D. Machado:H.T.Writer

1º edição 2021

Manuscrito em 2020

Depósito legal

ISBN: 9798840310496

cod: V.1.0-072022/2020-EAPTCWKD

Categorias:

- *Crônica, Educação, Ética, Filosofia, Antropologia, Jovem-adulto, Novo Adulto, Psicologia e Aconselhamento, Psicologia Social e Interações, Comunicação e Psicologia, Motivacional, Desenvolvimento Pessoal, Auto Ajuda.*

Obra de ficção

Crónicas de uma vida comum. Não são
citados nomes porque é sobre qualquer pessoa.
Os personagens são fictícios, ainda que tenham
algumas partes reais. O único objetivo é apresentar
o tema social.

Dedicatória

Dedicado a você para que se lembre das pessoas mais velhas. Se lembre dos seus antepassados. Se lembre de onde você e eles vieram. Para que você possa construir uma vida melhor, onde você não se torne um invisível quando envelhecer.

Esta versão é dedicada com muito carinho à você. Muitas são as histórias de uma vida, mas poucas pessoas nos encontram nela e poucas nos deixam boas lembranças.

Introdução

Em uma época, uma menina nasce e se torna muito querida da sua família. Os anos se passam, e a sua história de vida vai sendo construída. Uma história como a de inúmeras outras pessoas que já viveram neste mundo. Como a de qualquer outro, com alegrias e tristezas, mas com suas características próprias e com suas memórias. Até que a vida lhe mostra uma coisa que ela nunca tinha visto antes.

Índice

Direitos autorais 5

Dedicatória 7

Introdução 9

1. Capítulo 13

2. Capítulo 16

3. Capítulo 18

4. Capítulo 20

5. Capítulo 22

6. Capítulo 23

7. Capítulo 25

8. Capítulo 27

9. Capítulo 28

10. Capítulo 30

11. Capítulo 32

12. Capítulo 33

13. Capítulo 38

14. Capítulo 42

Nota do autor 45

Início

Os Invisíveis
Uma vida para compreender

1. Capítulo

Mãeee, tô com fome!! Faz torrada de queijo pra mim, faz??

Em 1951, minha mãe passou por um período muito difícil. Naquela época tudo era muito difícil mesmo. Mas eu nasci assim mesmo.

Menina, acorda porque já são seis e trinta. Você vai chegar atrasada na escola. Sabe que eles fecham o portão às sete e quinze.

Levantei, com um desânimo, em mais um dia frio. Fui escovar os dentes e passar água no rosto. Depois fui comer uma torrada com queijo e tomar um copo de leite com chocolate. Que delícia era aquilo quentinho. O queijo quente escorria da torrada de pão feita na frigideira, que quase pingava no chão. Só não pingava porque eu ia passando os dedos naquela "puxa" de queijo e colocando na boca, enquanto lambia os dedos.

O caminho para escola era uma avenida comprida, que parecia não ter fim. Todos os dias era caminhar quase um quilômetro de casa até lá, e depois voltar. O pior era aquela mochila nas costas, cheia de cadernos, que pesava mais do que eu mesma. Tinha dias que dava vontade de deixar ela na escola. Eu queria tanto que tivesse um armário pra gente guardar o material lá.

Todos os dias eu caminhava sozinha para a escola, mas encontrava alguns colegas que moravam perto fazendo a mesma caminhada. Mas a gente quase não conversava. Não sei bem o porquê, mas quase não conversavamos. Talvez fosse mais comigo do que com outros colegas, mas a gente ia e voltavamos tranquilos para casa.

Um dia desses, a fessora ensinou a escrever algumas coisas, e começou a fazer alguns testes na sala de aula. E quem fizesse tudo certo e acabasse primeiro, ela iria dar uma revista em quadrinhos da Mônica. Ela mandou todos ficarem calados, deu uma folha de papel para cada um e mandou escrever o nome completo, o nome da escola, o endereço de casa e da escola, os nomes dos pais, o nome dela e das diretoras. Ficamos todos quietos, e começamos a escrever rápido. Quando levantei a cabeça, a fessora me perguntou se já tinha terminado, e eu disse que sim. Ela veio até a minha mesa, pegou minha folha e começou a riscar a caneta. Eu estava sem entender nada, porque era a primeira vez, depois do pouco tempo que tinha entrado na escola, e a fessora com uma cara séria daquela, riscando o que eu escrevi. Fiquei com medo, e já estava preparada para chorar. Então ela virou a folha para mim, e disse que estava tudo certo. E foi logo falando para os outros para pararem e entregarem as folhas do jeito que estavam. Ela foi até a mesa dela, pegou a revista da Mônica, que a capa até brilhava, e me deu. Fiquei espantada, mas muito contente. Pequei logo e abri para ver os desenhos nos quadrinhos, mas não adiantava muito ainda porque mal sabia ler. Eram muitas palavras novas que vi só de abrir, e a fessora já veio logo dizendo que era para fechar e guardar para ler em casa. Nem pensei duas vezes, e guardei logo.

No dia seguinte, a fessora tinha outra revista na mesa. E voltou a falar em fazer um teste. E voltou a falar em fazer o mesmo teste do dia anterior. Entregou uma folha para cada aluno, e mandou começar. Me lembro que no dia, fiquei pensando se era daquele jeito mesmo. Bem, como já era a segunda vez, foi mais fácil e mais rápido que terminei. E mal levantei a cabeça, ela me perguntou se estava pronto. Eu disse que sim, e ela pegou a folha e foi corrigir riscando com a caneta dela. Foi lá na mesa, pegou outra revista em quadrinhos, e me entregou em mãos. Levantou a cabeça e mandou os outros pararem no ponto em que estavam e entregarem as folhas. De novo, quando voltou os olhos para mim, me mandou fechar a revista e guardar para ler em casa.

Quando cheguei em casa, com a segunda revista em quadrinhos, fui logo mostrar para minha mãe o que tinha ganhado da fessora. Ela adorou e sentou comigo para ler e me ajudar a ler. Aquilo era muito bom. A quantidade de palavras novas naquelas revistas, eram difíceis de ler e entender tudo, mas minha mãe ajudava muito. E depois fazia torradas para o lanche da tarde.

2. **Capítulo**

Quase todos os meus irmãos são todos mais velhos que eu, menos um que é o caçula de todos. Quando chego da escola vou logo ver o que eles estão fazendo. E uma das coisas que mais gosto é quando estão cozendo o tacho de caldo de cana de açúcar para fazer rapadura. É um tacho muito maior que eu. É muito grande mesmo. E o fogo da lenha queimando embaixo é bem forte. Mas nas laterais tem umas bases de cimento que posso subir e ficar olhando. Aquele caldo quente aos poucos vai se tornando cremoso e se reduzindo, até ficar um creme marrom claro e bem grosso. Aquele cheiro doce não dá para esquecer. Eles começam a retirar o creme com umas conchas de madeira bem grandes, e vão colocando em umas formas também de madeira, e outro tanto colocam em uma pedra lisa que fica em cima da mesa, que depois de esfriar podem cortar os pedaços no tamanho que quiserem. Aquilo é um espetáculo que parece diferente todos os dias. Eu vou pegando um pouquinho do creme ainda bem quente e colocando na pedra para esfriar um pouco, depois vou mexendo e fazendo bolinhas. É mais gostoso quando está bem quentinho ainda.

Depois o mais velho vai encontrar meu outro irmão lá na casinha para ferver o tacho do leite. De manhã bem cedo, os dois mais velhos vão lá no pasto pegar as vacas para tirar o leite. Eles conhecem todas pelo nome e cuidam bem delas. Acho que por isso é que elas até davam ainda mais leite. Eles enchiam a carroça com quatro latões grandes de leite, tampavam e voltavam logo lá para a casinha de azulejo. Eles levam cinco litros de leite para minha mãe fazer o café da manhã para nós todos, e a maior parte despejam todinho naquela panela enorme em cima de um fogareiro a lenha. Eles ficam lá mexendo e jogam lá umas folhas de uma plantinha. Depois deixam lá para esfriar e vão embora almoçar. Aquilo faz o queijo todo coalhar, depois eles pegam tudo e colocam em umas formas redondas para escorrer o líquido. Esse processo todo não tem muita graça como o da rapadura não. E o cheiro acaba enjoando a gente. Mas o queijo, ahh.. o queijo que sai dali é o mais gostoso do mundo todo. Ele derrete na panela e faz um cheiro de queijo amanteigado que é coisa de outro mundo. Aí minha mãe torra o pão e vai passando as fatias naquela panela de queijo derretido e dando para nós todos. Tem dias que no almoço, ela acende aquele fogão a lenha, e também faz uma panela enorme de macarrão branco, e joga todo dentro daquela outra panela grandona, cheia de queijo derretido, e mexe todo. Quando a gente vai tirar da panela, sobe um cheiro de queijo e manteiga, e aquela puxa de queijo branco até se confunde com o macarrão. É o macarrão mais simples que já comi, mas o melhor de todos, sem dúvida.

Meu pai adora ver a gente comendo e se divertindo. Ele fica sempre conversando com meus irmãos. Às vezes briga e chinga eles. Não sei bem se é por causa do trabalho, ou por causa da escola que eles ficam sempre faltando, e os dois mais velhos já até passaram da idade e não querem mais ir para a escola. Mas ninguém reclama do nosso pai, mesmo quando está xingando. Ele e minha mãe estão sempre juntos e conversam sobre tudo. A gente até fica com raiva porque ela conta tudo o que a gente faz pro meu pai, e ele conta tudo pra ela. Eles estão sempre juntinhos e bem agarradinhos. Ficam sempre de mãos dadas, se beijando, e de vez em quando ficam correndo pela casa afora e depois vão lá para o quarto deles, fazer o que eu não sei. Meu irmão disse que um dia alguém vai me contar mas, disse que tenho de esperar. Não entendo que tanto segredo é esse que podem fazer no quarto além de ir dormir.

Eles falam que escolheram morar aqui nesta fazenda por nossa causa. Eles dizem que queriam ver a gente se conhecer bem um ao outro e poder crescer sabendo como fazer as coisas de trabalho e comida. Mas as vezes acho que eles queriam ir morar na cidade, porque lá é tudo muito mais fácil. Se bem que, acho que aquelas casas não cabe muita gente dentro não.

3. Capítulo

Meu segundo irmão mais velho conheceu uma menina da cidade e ele me disse que vai embora de casa. Ele quer se casar com ela e ir morar lá em outra cidade longe e muito maior que essa daqui perto. Me contou que lá tem carros muito muito grandes, que carregam um monte de pessoas de uma vez só. Não acreditei muito nele não, mas ele insistiu que é verdade. Agora, me fazer acreditar que lá tem umas casas que ficam empilhadas umas em cima das outras, e que para subir até lá na última do alto é muito difícil ir pela escada, já não dá. Disse até que tem uma cabine com botões que a gente aperta e ela sobe sozinha até lá no alto. E insistiu tanto nisso que quase acreditei nele. Depois até me contou que vai morar em uma casa dessas assim, lá no alto, com essa menina que disse que está namorando. Não entendi nada. Porque ele não traz a menina para morar aqui com a gente? Tem tanto espaço aqui, e ela podia ser minha amiga. Eu podia ensinar ela a fazer as bolinhas de creme de rapadura. Algum tempo depois, ele foi embora com ela. Eu sei que meu pai e minha mãe não gostaram da ideia não, mas ele não quis saber e foi assim mesmo.

Dizem que eu nasci nessa cidade muito muito grande. Minha mãe me mostrou um papel que está escrito isso, mas é um texto enorme e tem muitas palavras novas. Ela disse que vai guardar esse papel para mim. Não entendi nada, mas ela fez uma cara de que é importante mesmo. A única coisa que sei, é que ela não faz cara boa quando lembra daquela época lá na cidade grande. Meus irmãos já me contaram que eles não tinham muita comida. Mesmo meu pai trabalhando todos os dias, ainda não tinha dinheiro para comprar as coisas para nós. Eles falam que passaram muita fome. Que não tinha torradas, nem queijo, nem rapadura, nem quase nada. E que para comer um pão, tinha um lugar lá, que eles levam dinheiro e um homem entrega alguns pães. Pelo jeito que contam, eram só alguns pães mas que tinham de dividir entre todos eles em casa. Minha mãe chorava de vez em quando, mas não contava e dizia que não era assunto de crianças. E quando meu pai chegava, estava morto de cansaço e com fome. Ela sempre guardava um pedaço de pão para ele.

Para tomar banho, tinha uma bacia de alumínio, onde ela colocava um pouco de água esquentada no fogão de lata e acendia a lenha, depois completava com água fria. Aí meus irmãos tinham de sair para a rua enquanto ela dava banho no meu pai sentado nessa bacia. Passando um pano em um pote de sabão e esfregando nele até limpar todo. Só depois que ele se vestia é que meus irmãos podiam voltar para dentro de casa. Ela dava banho no meu pai e em todos os meu irmãos, mas ela tomava banho sozinha. A tardinha, antes dele chegar, ela mandava todos para fora e tomava banho. Quando eles entravam, diziam que o cheiro dela parecia como flores, mesmo ela se lavando com aquele mesmo pote de sabão. Meu pai já estava sem saber o que fazer, porque estava cada dia mais cansado. Ele dizia sempre que não aguentava mais. Não sei se era por causa do trabalho ou porque tinha pouca comida. Eles até estavam começando a brigar porque ela queria sair para trabalhar e ajudar nas despesas de casa, mas ele queria que ela cuidasse deles. Dizem que estavam já tendo muitas brigas entre eles, quase todos os dias. E foi quando eu nasci.

4. Capítulo

Um homem tinha umas terras que eram depois de uma cidadezinha, e tinha lá umas vacas e pouco de milho plantado. Não faço ideia de como eles se encontraram, mas esse homem perguntou se meu pai não queria comprar aquelas terras. Isso parece uma coisa muito difícil de acontecer, e o homem até sabia que ele não tinha dinheiro. Só sei que esse homem colocou meu pai, minha mãe e todos nós dentro de uma Kombi e levou para ver as terras. Ele voltou sozinho para a cidade. Eles tinham negociado em pagar com o dinheiro que meu pai fizesse produzindo as coisas nessas terras mesmo. E ficamos todos lá.

Meu pai consertou logo o telhado da casa porque estava todo quebrado. Meus irmãos disseram que logo nas primeiras noites choveu muito e molhava tudo dentro de casa. Depois eles foram cortando algumas árvores, serrando e fazendo tábuas para consertar e construir um monte de coisas novas na casa. Fizeram alguns móveis e até mais dois quartos para meus irmãos. Na cozinha, tinha um grande fogão a lenha, todo feito em tijolos e cimento. Estava todo sujo e um pouco quebrado, mas meu pai deixou tudo novinho.

Alguns dias depois que fomos morar na fazenda, alguns vizinhos começaram a querer saber quem eram os novos moradores. Eles até levaram comida, algumas panelas, cobertores, roupas e um monte de coisas para nós. Dizem que as mulheres queriam sempre me pegar no colo e diziam que um dia eu ia casar com um dos filhos delas. É claro que não me lembro de nada disso, mas todos sempre contaram que eu era a estrela da casa. Todos queriam ir conhecer a família nova que trazia uma linda menina ainda bebê.

Meu pai colheu um pouco do milho, separou os grãos e plantou em mais uma parte da terra. Depois arranjou cana de açúcar e plantou em outra parte. Pegou as vacas e colocou onde tinha muito mato, grama e perto da beira do pequeno rio. Tinha um boi muito forte que ajudava ele com o trabalho pesado. Também arranjou umas galinhas e fez um poleiro para elas dormirem, mas durante o dia elas ficavam andando para todo lado. Meu irmãos mais velhos ajudavam muito. Eu também ia levar água e comida para eles, e a gente sentava na grama e comia tudo junto. Às vezes era um calor danado, às vezes a gente pegava muita chuva e tínhamos de correr para casa.

5. Capítulo

Meu irmão mais velho, foi para o exército. Ele não é assim muito velho não, e nem sei o que é esse tal exército. Mas meu pai disse que não podia fazer nada, e que ele tinha de ir mesmo. E isso é lá nessa cidade grandona, onde dizem que eu nasci. Ele saiu no domingo cedinho e disse que precisava chegar lá na segunda-feira às seis horas. Dizem que vão cortar o cabelo dele, e que vai ter de usar uma roupa igualzinha a de todos os outros lá. Meu outro irmão falou que estava torcendo para não acontecer uma guerra. Senão aquele irmão era obrigado a ir, mas que podia até morrer lá. Eu não entendi nada, porque nem sei o que é guerra, mas porque vão mandar ele para morrer, se ele foi lá para trabalhar? Ele trabalha muito bem em casa, e tenho certeza que vai trabalhar muito bem lá também.

Ontem nasceu meu irmão mais novo. Minha mãe queria outra menina, e meu pai disse que ficava satisfeito de qualquer modo. Ela dizia que uma irmã seria bom para eu brincar com as coisas de menina. Nem sei bem o que é isso, mas ela está satisfeita também. Só que eles começaram a ficar pegando muito ele no colo, brincando e fazendo tudo pra ele. Minha mãe nem fez o café da manhã porque tinha de fazer a comidinha para ele. Não sei não, mas esse menino já começou a me chatear.

6. Capítulo

Meu pai estava chorando ontem. Mas não quer falar nada. Meu irmão já perguntou três vezes e eu perguntei pra minha mãe. Mas ele não quer falar. Nunca vi ele chorar. Meu irmãos disseram que já viram antes, mas eu nunca vi. Porque ele está assim? Sentei no colo da minha mãe para sentir aquele cheiro de flores que ela ficava depois do banho. Engraçado que só ela fica com esse cheirinho bom. Já me contaram daquela bacia, mas eu nunca vi ela. O banheiro do quarto da minha mãe é o mais bonito da casa. É bem grande e tem aquelas coisas quadradas nas paredes que fica tudo lisinho e bem limpinho. Ela compra um monte de coisas para a gente tomar banho, mas o cheiro dela sempre fica melhor. Sempre parecem flores muito perfumadas. Eu tomo banho no banheiro do meu quarto, e às vezes vou pro banheiro dela. Mas não tem jeito. O cheiro dela é sempre mais gostoso. Perguntei para ela porque meu pai estava chorando. Ela disse que ele estava chateado com algumas coisas que ele queria fazer mas não pode. Eram algumas coisas dele, para a vida dele. E que ela conversou muito com ele para tentar ajudar, mas que não conseguiu fazer nada. Ela estava um pouco triste com isso também, mas não contou o que era.

Hoje amanheceu chovendo muito. A chuva não pára. Choveu a noite toda, e parece que vai chover muitos dias seguidos ainda. Aliás, acho que não vai parar de chover nunca. Minha tia chegou em casa ontem. Eu não a conhecia, mas ela disse que me conhecia. Ela me pediu para eu ir me vestir, e para eu escolher uma roupa bonita para minha mãe. Meu pai estava lá fora na chuva, fazendo alguma coisa. E meus irmãos estavam indo se vestir também.

Meu pai voltou para dentro de casa bem molhado. Ele foi lá no quarto para ver minha mãe. Abraçou muito ela e ficou beijando. Depois pediu aos meus irmãos para ajudarem a carregar uma tábua enorme lá para fora até colocar em cima da carroça. Eu fui junto segurando a mão dela. E fomos todos na chuva caminhando com a carroça até onde meu pai estava cavando um buraco grande. Estávamos todos molhados da chuva, mas a gente só sentia que o que mais molhava eram as lágrimas. Juntamos todos, pegamos ela e a deitamos no fundo daquele buraco. Meu pai custou a deixar ela no fundo, depois pegou a pá e começou a jogar terra em cima dela, mas ele parecia mal se aguentar em pé.

Quando eu crescer, vou descobrir o que foi que aconteceu com ela. De vez em quando ela estava sentindo umas dores na barriga, mas dizia que passava logo. Só que as dores foram aumentando e depois já não passavam. Ela está sentindo cada vez mais uma dor de lado. Era uma dor do lado direito, porque ela estava sempre com a mão em cima. Vou ter de descobrir porque minha mãe morreu tão rápido assim. Em alguns dias ela reclamava de dor, e logo depois morreu assim

tão rápido, que nem dava para chamar um doutor lá na cidade.
Não entendi porque meu pai estava jogando terra em cima
dela, só porque ela não se mexia mais. Chorei muito mas não
consegui xingar ele. Eu só sabia que depois ele ia me explicar.
Meu irmão mais novo mal entendia também, e chorava muito.
Meu outro irmão estava segurando minha mão e a do meu
irmão. E minha tia estava ajoelhada no chão cheio de barro.

7. Capítulo

Só me lembro que eu passei para a quinta série na
escola, quando veio a notícia que uma guerra estava
começando. Foi a fessora quem contou. E quando cheguei em
casa, corri para contar ao meu pai. Ele ligou o rádio e a tv logo
para ver as notícias. E era verdade. Meu pai mandou a gente se
vestir logo e entrar no carro. Esse carro ele conseguiu comprar
no ano passado com a venda do milho. E toda vez que olhava
para aquele carro ele se lembrava que minha mãe adorava
bolo de milho. Acho que ele fez questão de usar o milho
para comprar aquele carro. Talvez até fosse plano deles fazer
isso. Mas só depois de dois anos depois que ela morreu é que
conseguiu comprar. Não é um carro muito bom não, porque
sacode muito e é muito velho. Mas nunca dá defeito, anda bem

e carrega qualquer coisa pesada. Eu, meus dois irmãos e minha tia entramos naquele carro e fomos para a cidade. Meu pai não queria nem esperar o tempo de carta . Queria logo é falar no telefone.

O quartel atendeu, e alguém começou a falar com ele. Meu pai explicou que queria saber do filho, meu irmão mais velho. Eu vi que ele ficou esperando na linha e olhando para a gente. Depois começou a xingar. Xingou, xingou, e deu um grito. Bateu aquele telefone e começou a chorar. Entramos no carro e voltamos para casa sem nenhuma palavra. Parecia que nem o carro fazia barulho nem sacudia nada. No dia seguinte, depois que minha tia fez o café da manhã para gente, ele quis conversar e contar. Meu irmão, era mesmo muito bom trabalhador. Ele se destacou em tudo o que mandaram ele fazer. Aquele cuidado que ele tinha em acertar o ponto da rapadura, fez dele um grande observador. O tal exército mandou ele fazer muitas missões de observação em lugares que tinham só inimigos do nosso país. E um dos motivos que aquela guerra estava começando, foi porque meu irmão foi descoberto por esses inimigos, e mataram ele lá. O nosso país, considerou aquilo como a gota d'água, e mesmo não sendo oficial, aceitou a declaração de guerra contra esses inimigos. Disseram que pediram o corpo do meu irmão, mas responderam que já tinha sido queimado e jogado no mar.

8. Capítulo

Um dia, quando eu estava já na sétima série, meu irmão chegou em casa de surpresa. Chegou em um carro melhor que do meu pai, e desceu com uma mulher e um menino. Meu pai veio correndo para ver. Esse irmão, até ficou uma semana com a gente em casa, mas ele disse que estava indo para outra cidade ainda mais longe com um nome muito estranho. Eu nunca mais ouvi falar dele.

Veio um homem comprar umas vacas, e ficou conversando com meu pai. Eu só percebi que era alguma coisa diferente porque, no dia seguinte no café da manhã, meu pai perguntou se queriamos ir embora dali. Ir morar na cidade. Eu gostei logo, porque ia ficar mais perto da minha escola e podia fazer mais amigos lá. Tinha um menino que eu gostava de ficar olhando, e seria bom ficar mais perto. Mas meu pai disse que a gente não ia para a cidade ali onde era minha escola. E disse que estava era indo para a tal cidade grande, aquela em que eu nasci.

9. Capítulo

Hoje fazem quinze anos que meu pai morreu. É aniversário da morte dele, e por curiosidade, o da minha mãe foi ontem. Incrível como mesmo depois de tantos anos de diferença, ele morreu exatamente um dia depois do aniversário da morte dela. Essa fica entre aquelas perguntas que nunca vou saber responder. Incrível também foi que sonhei com ele um mês antes do acontecido. A gente já não se via há uns três anos, quando eu simplesmente sonhei com ele. Sonhei e antes de acordar fiquei tentando entender o sonho. E quando entendi, disparei a chorar. Nem sei se acordei chorando, ou se já estava chorando enquanto dormia. Chorei tanto que meu marido acordou e ficou super assustado, mas tentando me acalmar e tentando que eu falasse. Mas eu não conseguia de tanto que a garganta apertava. Acho que uns quarenta minutos depois, eu disse: Meu pai. Meu marido se levantou, foi na sala pegou o telefone e ligou para ele. Convidou-o para almoçarmos juntos no dia seguinte, que foi um domingo.

No sonho, estávamos em um campo gramado muito grande. E tinha uma casinha pequena de controle com um rádio e uma antena de comunicação. Tinha um avião daqueles pequenos do começo do século vinte, que são só para duas pessoas, aquele que tinha duas asas, uma em cima e uma embaixo. Então escutamos o rádio falando, e vamos para o avião. Eu sento na frente, ele atrás e começamos a voar. Um dia de domingo daqueles bonitos, com o céu azul e poucas e pequenas nuvens brancas. E no rádio dizem que um antigo cidadão está sobrevoando a cidade, e falam sobre os seus feitos. Fico vendo aquelas pequenas nuvens abaixo, com o céu bem azul e a gente voando em direção ao sol, e mesmo sem olhar, sei que ele faz uma cara de contente. E na sequência, mesmo sem ouvir nada, sinto ele dizer na minha mente. Daqui você volta, eu vou sozinho. Eu me assustei e disse não. Posso te levar lá e voltar. Ele respondeu que não, daqui você volta. E de repente eu estava na casinha do rádio. Peguei rápido o microfone e fiquei chamando ele no avião, mas ninguém respondia.

No dia seguinte, domingo, ele chegou, já bem envelhecido mas com uma saúde impressionante. Realmente ele nunca tinha ficado doente ao longo de um século. Almoçamos e conversamos bastante sobre um monte de coisas, e um monte de memórias. Mas não falei nada sobre o sonho. Meu marido, também preferiu não tocar no assunto, mesmo porque já tinha me visto com essas previsões antes. Naquele mesmo mês meu pai fazia aniversário, e os amigos fizeram uma festa para ele. Mas no dia seguinte começou a passar mal, talvez por causa do frio, talvez por causa da bebida, ou talvez por causa da idade mesmo. De qualquer forma, o corpo já não aguentou o cansaço de uma festa, e começou a ter infecção no pulmão, que se tornou uma pneumonia e agravou todo o resto do corpo.

Ele me contou sobre tantas coisas que viu e passou na vida. Me mostrou a experiência de um homem que atravessou cinco gerações, inúmeros nascimentos e mortes. E mesmo sem entender bem o porquê, eu sempre queria saber mais e mais. Não entendia bem o porque ele gostava de me contar suas histórias, mas via que ele gostava mesmo. Não sei se eu ficava ouvindo tanto para agradar mais a ele ou mais a mim mesma, mas estava sempre ali. Diversas coisas que ele me contou, ao longo do tempo fui também passando pelas mesmas coisas. E pude entender com muito mais profundidade aquilo que ele tentava me contar. Eram coisas que eu, tão nova e ingênua jamais teria percebido antes.

10. Capítulo

Depois que meu irmão foi embora para outra cidade ainda mais longe, e meu pai decidiu ir para a cidade grande, fomos morar em uma casa que aos poucos me lembrei. Era uma casa grande, construída em seções, numa descida forte, que o caminho de cimento descia em pistas curvas, rodeando pequenas ilhas de jardins, que iam da rua até a entrada da casa. Era em um bairro nobre e tradicional dessa cidade grande e que me levaram ali quando eu era pequena, porque eram os pais e familiares dele. Fomos morar nessa casa enorme, com um bom conforto, e bem localizada na cidade, com muito comércio perto. Eu não fazia ideia desse tanto de gente que não conhecia, nem que tinha um acervo do meu avô, ali perto no mais antigo e tradicional museu da cidade. Ficamos morando lá eu, meu pai e meus dois irmãos. E foram anos fantásticos

Um belo dia, sem o menor aviso, comecei a conversar com um sujeito na rua perto de casa, mas achei estranho porque a conversa fluía tão bem. E fomos conversando,

conversando, conversando... engraçado que me lembrava
do caminho da escola, quando a gente mal conversava. Por
algumas semanas, conversar era tudo o que a gente fazia. Era
sair por perto, caminhar à toa, ir comer um sanduíche, e até
no cinema fomos. Mas depois de tanta conversa, a situação
ficou grave. E depois de algum tempo, ainda mais grave.

Fomos morar juntos naquele mesmo ano. Nos mudamos
para uma casa daquelas que tem cabine que é só apertar um
botão e ela sobe sozinha. De lá dava para ver muitas casas
mais baixas, e as pessoas caminhando lá embaixo. Mas não
dava para ver meu pai muitas vezes mais.

Fui trabalhar em uma empresa de eletrodomésticos, onde
eu fazia o gerenciamento de vários setores como o financeiro e
o de vendas. Como eu sempre fui boa aluna, e aquelas revistas
em quadrinhos me ajudaram muito a conhecer tantas palavras
novas, então passar na faculdade em um curso complicado foi
até bem fácil. E dentro dessa empresa, os donos, a diretoria
contam muito comigo e me pedem responsabilidade com
todas as filiais no país todo. Me lembro sempre do ponto do
creme da rapadura e do cozimento do leite para fazer o coalho
do queijo. Nunca esqueci do queijo derretido escorrendo pelas
torradas quentinhas nas manhãs frias antes de ir para a escola.
O cheiro de flores, de um banho que era igual ao dos outros,
mas que cheirava tão bem mesmo com toda a dificuldade
que estava passando, é uma das minhas memórias eternas.
Todas essas coisas me fizeram pensar sobre as outras pessoas.
E como prometi a mim mesma, consegui descobrir o que era
aquela dor do lado. Era a vesícula dela que estava entupida
com calcificação. Com exames e consultas poderiam ter
descoberto e operado ela a tempo. Sempre que me falam em
dores, fico pensando logo que são avisos de problemas.

11.Capítulo

Meu irmão mais velho, conheceu uma moça muito bonita. Mas os pais dela não gostaram dele e xingaram ele de roceiro. Como se as pessoas que crescem nas fazendas não tivessem nenhum valor. Mas a moça gostava tanto dele que eles acabaram fugindo para uma outra cidade longe também. Meu pai disse a ele que se ela o fazia feliz, que ele deveria ir sim. E que depois ele iria falar com o pai dela. Meu pai até deu dinheiro para ajudar eles nessa fuga.

Depois de algum tempo os pais dela já aceitaram e ficou tudo bem. Até passaram a gostar do meu irmão, e muito das duas netinhas que eles fizeram. Eram duas meninas lindas também como a mãe. Infelizmente, quando a mais velha tinha doze anos de idade, eles foram viajar de avião.

Meu irmão mais novo, começou a estudar em uma escola aqui na cidade grande, e fez muitos cursos de engenharia. Ele dizia que queria aprender a construir coisas também, como nosso pai. Ele aprendeu a construir casas de cimento e tijolos, mas sempre disse que queria construir casas para todas as pessoas, mesmo as que tivessem pouco dinheiro. E todas as casas que ele construía sempre tinham os quartos grandes como na nossa casa na fazenda, e banheiras no banheiro para tomar banho. Fiquei sabendo que muitas vezes ele colocava gente para morar que quase não tinha dinheiro para pagar. Ele nunca passou aquela situação difícil que meus irmãos mais velhos contavam para a gente, mas dizia sempre que não queria ver gente sem moradia, nem tomando banho na bacia.

Como ele passou a ser muito chamado por algumas empresas, acabou aceitando ir trabalhar em outro país. Ele aceitou porque queria aprender mais sobre construção de casas. E nesse país ele acabou tendo dois filhos, com duas mulheres. Ele mandou uma carta contando que ficou vivendo com uma delas, mas construiu uma casa para a outra e criavam os dois filhos quase sempre juntos. Ele dizia que era apaixonado pelas duas e pelos dois filhos. Ele estava muito feliz e queria que eu fosse lá conhecer eles. Mas meu trabalho nunca me deixava tanto tempo de férias. Mas quando eu conseguir vou lá visitar eles sim.

Com o passar dos anos, tivemos uma filha, e depois um filho. Eles cresceram. Tive inúmeros amigos e amigas, tantos que já nem me lembro mais. Depois de trinta anos casada, meu marido parou de conversar tanto porque começou a ter uma dor na garganta. E foi essa dor, que também era muito mais do que só uma dor, e que mesmo fazendo uma cirurgia, quimioterapia e muita medicação, ainda assim ele perdeu os cabelos, foi enfraquecendo rápido, até o fim.

12. Capítulo

Ao longo dos anos, voltei várias vezes à casa dos parentes do meu pai. A cada ano encontrava um a menos, e um estranho a mais na casa. Então eu passava lá no museu e dava uma volta para ver as coisas do avô. Anos depois, tive uma surpresa quando voltei na casa, e já não existia mais a casa. Foi demolida e já estavam construindo uma dessas casas empilhadas umas em cima das outras com cabine de botões. Nunca tinha tirado uma foto daquela casa. Nunca imaginei uma situação dessas. E aquilo me fez lembrar de outra casa.

Tirei uma semana de folga do trabalho e fui viajar. Chamei meus filhos e amigos, mas ninguém podia ir. Meus irmãos desapareceram no mundo já faz muitos anos. Outro dia tive um pressentimento forte com o meu irmão mais novo. Acho que sonhei com ele, e passei o dia me lembrando e pensando. Mas não tenho como falar com ele a muito tempo. Nunca consegui ir visitá-lo lá nesse país em que foi morar. Ele contou que as duas mulheres eram muito bonitas, então fiquei imaginando como seriam os filhos deles. E acho que são muito bonitos também, mas nunca cheguei a ver uma foto.

Em meio aos pensamentos e memórias, peguei o carro, fui em uma loja, comprei um daqueles mapas e sai riscando, anotando e fazendo linhas em tudo. Não tenho muita certeza do local exato mas me lembro de algumas referências lá daquela cidade da minha escola. As estradas agora são de asfalto, e a viagem ficou bem mais fácil.

Acho que já estou chegando na cidadezinha. Aos poucos comecei a ver umas casas, e mais casas, mais casas... Por fim me perdi. O jeito é sair perguntando.

Ola, boa tarde, o sr sabe onde fica aquela escola?

Olá, minha sra, boa tarde. Mas de qual escola a senhora está falando?

A escola antiga, onde estudam as crianças e tem uma venda ao lado.

Olha, a senhora está falando de uma escola que tinha lá

no centro da cidade, a uns cinco quilômetros daqui. Essa já foi demolida há mais de dez anos e tem um prédio no lugar. E aquela venda agora é um estacionamento.

Peguei o mapa outra vez, e pedi a ele para mostrar onde era isso. Marquei com a caneta e segui o caminho. Podia já não existir a escola mas, a estrada da escola para casa eu conhecia bem e certamente não foi demolida.

Realmente, estava tudo completamente diferente. Nada do que eu me lembrava ainda existia. A estrada era a mesma, só que toda asfaltada, com muitas casas e comércios para todo lado. De qualquer modo, era só seguir o caminho que eu chegava lá em casa.

Na última vez que cheguei na casa dos parentes do meu pai foi um choque terrível. E achei que tinha sido um grande choque. Mas agora, não sei o que fazer da vida. Não consigo parar de chorar. Para todo lado que olho, só vejo Soja. Campos infindáveis de Soja. É Soja que não acaba mais. Minha casa.

Parei e saí do carro porque já não tinha mais o que procurar. A plantação de soja era extensa demais. Não tinha nada mais para eu ver. Nada mais do passado ainda existia ali. Nem a casa, nem o riacho, nem as árvores e nem a minha mãe. Fiquei olhando aquele campo cheio de plantas, e fiquei olhando até quando minha memória começou a reconstruir tudo de novo. Aos poucos, as imagens foram se formando, e consegui ver minha casa. Vi as vacas, as galinhas andando por todo lado. Vi a casinha do tacho de rapadura de um lado, e a casinha de azulejo onde a gente fazia o queijo. Até senti o cheiro do melaço, senti o cheiro do queijo derretido e do pão torrado na panela. Fiquei vendo meus irmãos brincando de correr, e depois eles acendendo o fogo de lenha para o tacho e despejando os baldes de caldo de cana que tiravam da máquina de moer. Vi minha mãe caminhando pelo quintal procurando pelo meu pai. Ela tinha sempre um sorriso muito bonito quando estava com ele. Consegui até ver uma menininha fazendo bolinhas de creme de melaço. Estava tudo colorido e bem iluminado. Tinha os cheiros, as vozes, os sons dos animais e do vento nas árvores. Que felicidade foi ter vivido aquilo. Como eu queria ter alguém para contar essas coisas. Contar que ali existiram várias pessoas e que elas tiveram uma vida maravilhosa. Mas não existe nenhuma foto. Nada. Tudo aquilo que existiu aqui, agora só existe ainda na minha memória. E quando eu me for, vai ser como se eles não tivessem existido.

Começou a escurecer e não sei o que fazer. Nem planejei bem onde dormir, mas na cidade já deve ter algum hotel ou pensão e o jeito é ir lá procurar. Fui dirigindo devagar e olhando pela janela enquanto as imagens ficavam cada vez mais longe. Era uma despedida, um adeus.

Fui dirigindo pela estrada e voltei para a cidade. Fui parar automaticamente perto de onde era a escola. Minha memória me levou direto até lá. Olhei para aquele edifício e mal acreditava que minha escola também já não existia mais. Minha memória foi me mostrando alguns locais onde era a minha sala, os colegas e onde a gente brincava, lembrei da fessora e da quantidade de revistas em quadrinhos que ganhei contra a sala inteira, lembrei das provas dos professores e dos prémios escolares e de como os colegas ficavam bravos comigo. Lembrei até o menino que eu gostava de olhar, mas nunca tive coragem de conversar com ele. Onde será que ele está hoje?

Pronto, achei um.

Olá. O sr tem um quarto?

Olá, Sim, sra. Mas só temos um quarto no terceiro andar, e precisa subir as escadas. A senhora consegue?

Olha, entendi o porquê daquelas cabines com botões. Entendi quem foi que criou elas. Mal acredito que já estou com dificuldades de subir só três andares. Se fosse no quarto andar eu nem sei o que faria. Amanhã vou dar uma volta e olhar se reconheço alguém da época. Caminhando pela cidade, acho que vou ter mais chance de sair perguntando.

Aquela senhora ali, junto com uma moça, parece que conheço. Vou perguntar.

Não, não conheço a senhora. Desculpe foi engano. Mas a senhora conhece as pessoas que estudaram ali onde era aquela escola que já foi demolida?

A resposta, encontrada desde a primeira que perguntei foi sempre a mesma. Não, não conheço a sra. Só me mudei para essa cidade a poucos anos porque antes não tinha boas condições como tem hoje. E a moça jovem, imediatamente começa a puxar a avó de perto para que as duas velhas não fiquem conversando muito para que ela possa sair logo para fazer outras coisas.

Andei pela cidade toda até cansar de ficar com as pernas inchadas, e até perdida. Não encontrei ninguém em todos os lugares que fui. Andei, perguntei muito mas ninguém se lembra das pessoas daqui. Junto com o cansaço, foi crescendo uma sensação de vazio tão grande, mas tão grande. Estranho, mas eu nunca tinha sentido vontade de voltar aqui antes. Parece que meio seculo fez muita diferença com eles, e comigo. É melhor voltar para casa.

13. **Capítulo**

Voltei ao trabalho já no dia seguinte. Após quatro dias fora, voltar ao trabalho vai ser bom. Penso eu, cá com meus botões. O problema é que parece que eles não sentiram minha falta. A diretoria me chamou logo cedo. Acabei de sair da sala do meu chefe, onde ele me informou que fui colocada de férias por mais um mês, que é o tempo que minha aposentadoria ficará pronta. Eu nem sei o que dizer. Depois de passar uma vida nessa empresa, estou sendo demitida. Será que foi por causa das férias de quatro dias? Ou será que foi por causa daquela nova máquina de escrever grudada com uma pequena televisão onde aquela menina nova estava escrevendo? É verdade que eu já estava cansada mesmo, mas era tudo o que eu tinha. Eu queria sair, mas não sei se queria sair de verdade. E ser demitida, parecia que era ruim, mas está doendo mais do que eu podia ter imaginado. Eu demiti tanta gente, mas será que todos ficavam assim também? O que será que eles fizeram da vida depois?

Voltei para casa, e não chorei. Sentei no sofá, sem chorar. E fiquei sentada ali, olhando pela janela. Não sei quanto tempo fiquei sentada ali, mas percebi que o barulho do motor e das buzinas dos carros lá embaixo, surgiam, durava algum tempo e depois ficavam poucas. Ficava escuro e clareava. Acho que só me levantei para ir comer, ir ao banheiro, e voltava para o sofá. Acho que passei a dormir no sofá.

Hoje amanheci no sofá, e a coberta estava no chão. Parece que a noite foi fria, e sinto que dormi muito mal porque estava frio. Mas a coberta caiu no chão, e ficou no chão. Mas sabe, hoje eu quero dar uma volta lá embaixo. Vou sair um pouco.

Olá, tudo bem, onde está o sr Manoel aqui do café?

Oi, a senhora não sabe? Ele se foi há dois meses. A senhora já pagou, agora pode chegar para o lado porque preciso receber do outro cliente.

Olá, tudo bem, onde está a senhora florinda aqui do mercado?

Oi, a senhora não sabe? Ela se foi há seis meses. A senhora já pagou, agora pode chegar para o lado porque preciso receber do outro cliente.

Olá, tudo bem, onde está o sr paulo aqui da banca de revistas em quadrinhos?

Oi, a senhora não sabe? Ele se foi há um ano. A senhora já pagou, agora pode chegar para o lado porque preciso receber do outro cliente.

Me sentei no banco da praça, e fiquei olhando para as pessoas, os carros e o nada. Sei que fiquei algumas horas, porque já era noite quando voltei para casa. Cheguei, tomei só um copo d'água e fui para o sofá. Na manhã seguinte, a droga da coberta estava de novo no chão. Aquilo me irritou, mas acabou me dando um pouco de forças para sair de novo. E lá vou eu de novo para a rua. Hoje vou sentar lá no café e ver se encontro conhecidos.

Sentei e pedi um café, depois um salgado, depois outro salgado, depois um doce, depois outro café, depois uma água, depois um refrigerante. Depois resolvi ficar para o almoço porque agora também servem almoço ali. Quando começaram a servir o almoço, eu estava ainda no mesmo lugar. Escolhi o que eu queria e pedi. Depois de algum tempo, uma menina me trouxe o prato e serviu a mesa para mim. Me trouxe água, refrigerante, pratinhos, guardanapos e tudo bem certinho. Eu sorri para ela para tentar agradecer, mas fiquei surpresa. Apesar de estar ali servindo as pessoas, ela me olhou e fez uma cara de desprezo tão grande, que me deixou bem claro que ela estava ali somente para servir às mesas. E que não queria conversar com ninguém. A comida até ficou com gosto diferente. Continuei a comer mas como um mecanismo onde um braço robô coloca a lenha na fogueira. O olhar dela me deixou muito sem graça. Eu já nem queria pedir mais nada, quando a droga do garfo caiu no chão. E para piorar, como eu não conseguia pegar, tive de chamar a menina. Então ela já foi ainda mais forte no desprezo, e agora já dizendo que eu era uma velha. Me senti não humilhada, não velha, mas impotente. Tanto que nem conseguia reagir. Fiquei sentada, quieta e sem reação enquanto bebia um pouco de água bem devagar. Na mesa ao lado, sentou uma moça com uns trinta anos de idade, bem bonita. E para minha surpresa, não é que a atendente foi super simpática com ela? E na outra mesa, tinham dois rapazes, e ela também foi bem simpática. E com todos ela era simpática, mas comigo, nem olhava.

No dia seguinte, resolvi procurar outro lugar. Tinha uma moça na rua, que fui perguntar se ela sabia onde tinha um café restaurante que fosse bom e não muito longe. Mas a moça mal me olhou, disse que não sabia e já foi logo saindo de perto de mim. Achei aquilo estranho e pensei que a moça não estava nada bem. Fui então perguntar a dois rapazes perto, mas a reação deles também foi bem parecida. Fui perguntando para um monte de pessoas, e por incrível que pareça, a reação deles foi do mesmo tipo. Nenhum deles me deu atenção, e saíram de perto o mais rápido possível.

No dia seguinte, voltei a acordar com a coberta no chão, que também já parecia gostar mesmo mais do chão do que de mim. Voltei a sair, andei, perguntei, sentei, mas foi de novo a mesma experiência. E durante todas as vezes, sempre o mesmo resultado. Posso me sentar e passar o dia todo sentada, que ninguém vem me perguntar se estou bem. Ninguém se importa. Ninguém olha para mim. Os velhos ainda dão uma olhada, mas para os mais jovens, é como se não tivesse ninguém ali. Chegam a passar e trombar em mim, mas nem pedem desculpas e apenas seguem o caminho. Se eu me sentar em um bar ou restaurante, eles até me servem, mas mal olham para minha cara. Nem os atendentes, nem muito menos as pessoas das outras mesas. É como se eu estivesse vivendo em um lugar vazio, como se fossem fantasmas. Não sei o que está acontecendo...

14. Capítulo

Opa, sei sim. Meu pai me disse. Era isso o que ele estava dizendo. Eu me sentava com ele, mesmo já com a idade bem avançada, ouvia muito e ficávamos conversando durante horas. Ele quis me passar todo o conhecimento que acumulou durante uma vida inteira, e eu aceitei. Ele me contou sobre o longo percurso da sua vida. Me contou da sua casa, dos seus pais, dos amigos, das namoradas e toda cultura que tinham na época dele. Contou sobre as duas guerras mundiais, sobre o cometa Halley quando passou e se esconderam debaixo da cama. Contou sobre o primeiro carro, que sendo um dos primeiros anos da Ford, se tornou um modelo muito raro, mas que tinha o sonho de encontrar um colecionador que o deixasse dirigir outra vez. Contou sobre as tantas máquinas que construiu, e as casas que fez de tijolos e de madeira. Sobre as terras que meu avós tinham quando a cidade grande ainda era só um arraial, e a Maria Fumaça atravessava os campos levando e trazendo os materiais de construção, as ferramentas, comidas e roupas para todos. Era o conhecimento da memória de dois séculos, porque ele também falava sobre o pai dele. E o pai do pai dele, viveu bem na era em que homens ainda eram escravizados. E o bisavô contou que alguns donos de terras, compravam homens de pele escura para trabalharem. E que eles ficavam cavando o chão para encontrar ouro. E foram cavando e fazendo um buraco muito grande. Até que de tão grande e fundo, eles desciam pela manhã, e só subiam de volta no final do dia. E para mandar a comida para aqueles homens trabalhando, eles construíram uma calha de madeira desde lá de cima, até lá embaixo. Então faziam bolas de Angu Duro e colocavam nessa calha para rolar até lá embaixo. O angu tinha de ser feito bem duro porque, angu mole não rola na calha. Naquela época em que cada casa era uma família grande, como a nossa, e os pais, avós e até bisavós eram sempre muito importantes para todos.

Meu pai me contou muitas e muitas coisas, e principalmente, contou sobre minha mãe. Quando eles se conheceram em um café, e que por meros segundos se esbarraram, mas quando foram pedir desculpas um ao outro, passaram foi o dia todo conversando ali mesmo. E quando foram para suas casas, ficavam pensando um no outro. E contou que foi uma relação proibida pela família dele, mas que assumiu e estava disposto a enfrentar todas as dificuldades ao lado dela, até o fim. Eles se prometeram cuidar um do outro como amigos e amantes. Ela tinha perdido a mãe quando viviam em uma cidade pequena, e tinha decidido ir para a cidade grande conseguir um trabalho, e porque ela não tinha referências familiares, a família dele a rejeitou. Todas essas coisas foi ele quem contou. E até onde sei, eu era a única que ouvia, e ainda perguntava mais.

Era por isso a cara de contente que ele fazia. Acho que eu dei um pouco de significado a vida dele. E de certa forma, ele ainda vive através de mim. Mas e agora, que sou eu quem envelheceu? Não sei onde meus filhos estão, e eles não me procuram. Sei que não fui uma mãe má, mas eles parecem que nunca se importaram comigo. Sempre foram distantes, menos quando precisam de dinheiro. Mas eu nunca consegui contar nada dessas memórias sobre mim e nem sobre os antepassados deles. Nunca se interessaram por nada dessas coisas. Eles sempre gostaram é daquelas máquinas de escrever com televisão. Será que, como eu nunca usei uma dessas, então não tenho nada mesmo que eles se interessem? Todas as vezes que foram me procurar, era sempre para pedirem dinheiro. Nem sei nada sobre a vida deles. Para quem vou passar a experiência de uma vida? Será que ninguém se importa? Será que nada na minha vida valeu e não tem nada que sirva para alguém que está ainda no começo?

Conheci tanta gente, fiz tantas coisas, tive tantas experiências, mas assim como as casas onde vivi, todos eles agora só existem na minha memória. Olho muitos lugares, mas vejo o que está na minha memória, e como ninguém se importa, é como se tudo aquilo nunca tivesse existido. Eu estou aqui, mas não consigo mostrar nada dessas coisas para essas outras pessoas. Minha casa, onde meu pai, minha mãe e meus irmãos tomavam banho de bacia, depois minha casa na fazenda e a casa dos parentes do meu pai, só existem na minha memória. Mas minha mãe existiu. Meu pai existiu. Meus irmãos existiram. Mas ninguém quer saber. Eu estou aqui, mas parece que por ter envelhecido, já não tenho mais valor.

Era isso o que ele queria me dizer quando me contava suas histórias. Ele queria me dizer para aproveitar minha vida, mas que um dia ninguém mais ia se importar comigo. Era por isso que ele gostava tanto de ver todos nós comendo, se divertindo e crescendo lá na fazenda. Aquele período era um refúgio na vida dele, e quando acabou, voltando a viver na cidade grande, também começou a sentir um vazio cada vez maior dentro dele. Agora, mais de quinze anos depois da sua morte, afinal entendo, que as pessoas à minha volta não são fantasmas não. Estou entendendo é que, ao envelhecer, eu é que me tornei invisível aos olhos deles.

Olha essa chuva. Essa chuva não para. Parece que vai chover o resto da vida. A chuva traz um cheiro de flores.

Nota do autor

Você se lembra da sua infância? Daquele tempo onde tudo tinha mais cor, mais cheiros, mais sabor e todas as pessoas queriam ter a sua atenção e seu sorriso?

Se esse tempo já se passou a muito, provavelmente tudo isso já mudou bastante. Quantas pessoas querem saber sobre as coisas que você fez? Quem se importa com você de verdade? Quem quer aprender com você?

Se você já se tornou um invisível, pouca coisa vai conseguir fazer. Uma delas seria escrever.

Se você ainda não é invisível, sente-se com um deles para descobrir o quanto ainda não sabe sobre o mundo. O futuro da humanidade depende de você.

"Você só vive enquanto alguém ainda

se lembrar de você."

Uma pergunta. Porque o banco da capa está vazio?

** Angu é um prato tradicional feito de farinha de milho moída e seca. A farinha de milho é depois misturada com água, sal e cozinhada até ficar cremosa ou dura.

H.T.Writer

Neth2022

Outras publicações do autor

O demônio da Simplicidade

www.odemoniodasimplicidade.com

Porque prender Pessoas

Imagem Sem Corpo

H.T.Writer Project www.hwriter.com

Fundação ISHIC www.ishic.org

ISHIC Think Corp www.ishicthink.org